AF293670

Ein wenig Poesie für Dich

Bisher im tredition Verlag erschienen:

„Jonny und der geheimnisvolle Schatten“,
ein Kinderbuch ab 6 Jahren (2018)

Ein wenig Poesie für Dich

Gedanken und Fotografien

von

Hanna von Dorff

Für Dich

O_b

Unsere Träume

Und Gedanken

Sich begegnen

Und

Ein Stück

Gemeinsam

Sind

Deine Augen

Strahlten mich an
Und trafen mein Innerstes
Im Traum

Ich erwachte
Und suchte Deine Hand
Vergeblich

Manchmal

Ist viel zu wenig
Manchmal
Ist wenig zu viel

Lass uns immer
So nah sein
Dass wir nie
Viel zu wenig
Darüber reden

Seltsam

Du bist kilometerweit entfernt
Und ich weiß Dich ganz nah

Seltsam

Ich spüre Deine Hände
Auf meiner Haut
Und höre Deine Stimme
Und
Fühle mich
Seltsam geborgen

Ich bin

So erfüllt

Von Deiner Seele

Dass

Ein Vogelzwitschern

Mein Herz

Sprengt

Nichts
War leichter
Als mich
An Dich
Zu verlieren

Nur
Wenn Du
Jetzt fortgehst
Dann
Bleibt mir wirklich

Nichts

Der Himmel

Ist wieder blau

Die Sonne taucht alles

In goldenes Gelb

Die letzten Regentropfen erzittern

In glitzernder Klarheit

Ein Blick nach oben

Ein tiefer Atemzug

Nur am Horizont

Wachsam

Eine Ahnung von Dunkelheit

Ich möchte

Wirklich wissen

Wer

Mein Leben spielt

Und

In welchem Theater

Es gegeben wird

Ich möchte mich

In Deiner Armbeuge verkriechen

Mich wegkuscheln

Vor der Gewissheit

Gleich musst Du gehen

Ich möchte die Augen schließen

Deine Küsse spüren

Und meine Traumreise fortsetzen

In der Gewissheit

Du bist für mich da

Meine Fröhlichkeit

Ist ansteckend
Unser Kichern erinnert
An Erstklässler

Wir zerlachen einfach
Ein paar Probleme

Und Du merkst nicht
Wie traurig ich eigentlich bin

Manchmal

Ist jedes Wort zu viel

Mit Dir zu schweigen

Dich zu fühlen

Mit Dir glücklich zu sein

Das ist manchmal

Alles

Wache Nächte

Ruhelos

Doch nicht unruhig

Traumlos

Doch voller Träume

Allein

Doch in Gedanken

Ganz bei Dir

Manchmal

Ist mein Glück maßlos
Fast unverschämt zu viel

Lass mich Dir
Etwas davon abgeben
Bevor ich Angst bekomme

Vor der Höhe der Rechnung

Wenn Du

Mich suchst
Ich bin
In meiner Phantasiewelt

Warte auf mich
Ich habe Dir
Eine Menge
Zu erzählen

Ruhe

Sich ausruhen

Hinübergleiten in das Dunkel

Vergessen für eine Weile

Die Hektik

Sich entziehen den Forderungen

Des Alltags

Fortgetragen werden

Auf weichen Traumwolken

Und zufrieden zurückkehren

In die Geborgenheit

Deiner Arme

Stille absolut

Schlaftrunkenheit wandelt sich

In wache Unruhe

Bilderfetzen taumeln vorbei

Gesprächsreste drängen sich auf

Erinnerungen in diesen Räumen

Empfindungen Stimmungen

Beleben Fröhlichkeit Trauer

Und unendliche Einsamkeit

Dann Deine Stimme

Mich festhaltend in der Gegenwart

Beruhigende Gewissheit versichernd

Die Stille zurückholend

Könnte ich

Die Augenblicke

Mit Dir festhalten

Für die Zeit

Des Alleinseins

Dann wäre ich glücklich

Manchmal

Bin ich es

Es ist gut

Dass Du da bist

Auch wenn Du

Nicht hier bist